PAROISSE DE SAINT-MATHIEU
DE QUIMPER

MON CLOCHER

QUIMPER

TYPOGRAPHIE ARS. DE KERANGAL

IMPRIMEUR DE L'ÉVÊCHÉ

—

1899

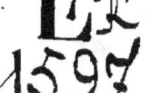

MON CLOCHER

PAROISSE DE SAINT-MATHIEU

DE QUIMPER

MON CLOCHER

QUIMPER

TYPOGRAPHIE ARS. DE KERANGAL

IMPRIMEUR DE L'ÉVÊCHÉ

1898

IMPRIMATUR :

Quimper, le 11 Novembre 1898.

EM. FLEITER,

Vic. gén.

Mes chers Paroissiens,

Sous ce titre « **Mon Clocher** », *j'ai groupé, dans ces pages, un certain nombre de renseignements concernant notre église et l'organisation de notre service paroissial. Plusieurs d'entre eux, ceux qui regardent le passé, vous intéresseront, je l'espère, et les autres, en bien des circonstances, pourront vous être utiles. J'y ai joint des avis que je vous prie de lire avec attention.*

L'amour du clocher, si naturel à tout cœur breton, est, en même temps, un sentiment trop chrétien et trop catholique, pour que je ne m'efforce pas toujours de l'entretenir et de le développer parmi vous.

Y. LE ROY,

Ch. hon.,

Recteur de Saint-Mathieu.

Saint-Mathieu, le 10 Novembre 1898.

NOTRE PAROISSE

SON ORIGINE & SON ANTIQUITÉ

S'il est vrai que c'est un honneur, pour une famille, de compter de longs siècles d'existence, notre paroisse, qui est aussi une famille, a bien le droit, certes, de se glorifier sous ce rapport. Elle est fort ancienne. Elle remonte à une époque très reculée, qu'il est impossible même de déterminer exactement. Nous savons seulement que, sur la fin du xıı^e siècle, elle existait déjà.

Le cartulaire de Saint-Corentin (1), nous apprend, en effet, qu'en 1209, l'Archevêque

(1) Cité par M. le chanoine Peyron, le savant archiviste de l'Évêché, à qui nous empruntons ces détails. (*Bulletin archéologique,* 1893.)

de Tours (1) confirma la cession faite par le
Duc de Bretagne à l'Évêque de Quimper du
droit de patronage qu'il avait dans l'église
de Saint-Mathieu. C'est assez dire que notre
paroisse existait avant cette époque.

Dix ans plus tard, ajoute le cartulaire,
Renaud, n'étant encore qu'évêque élu de
Cornouaille, considérant la modicité des
revenus de l'église cathédrale, fit don, au
Chapitre, de l'église de Saint-Mathieu. Par
cette nouvelle concession, datée du vendredi
après la fête de la Madeleine, 1220, la prébende canoniale de Saint-Mathieu fut fondée. Un chanoine en demeura titulaire jusqu'à la Révolution, avec le titre de recteur
primitif de la paroisse. Celle-ci était adminis-
trée par un vicaire perpétuel (2) présenté par
le chanoine prébendé, et nommé par l'Évêque. Mais, au siècle dernier, les revenus de

(1) L'Archevêque de Tours était le Métropolitain de l'Évêque
de Quimper, notre diocèse ayant fait partie, avec les autres
évêchés de Bretagne, de la province ecclésiastique de Tours,
jusque vers 1858.

(2) Ce vicaire perpétuel était assisté lui-même, pour l'admi-
nistration de la paroisse, de sept chapelains dont l'élection et
les fonctions furent réglées par une ordonnance de Mgr Le

la prébende de Saint-Mathieu étaient si mini-
mes que le chanoine titulaire en avait fait, à
son tour, l'abandon au vicaire perpétuel, qui
prit, dès lors, le titre de recteur.

SES ANCIENNES LIMITES

Autrefois, les limites de la paroisse n'é-
taient pas tout à fait les mêmes que maintenant. Elle comprenait toute la *Terre-au-
Duc*, c'est-à-dire toute la partie de la ville
située en dehors des murs, entre le Stéir et
l'Odet, à l'exception du faubourg de Bourg-
les-Bourgs, ou *Bourlibou*, et, de plus, vers le
Nord-Ouest, une partie rurale assez étendue,
Pontigou, le Moulin-Vert, etc.

Prestre, en 1636. Il faut lire cette ordonnance pour n'être pas
surpris d'un si grand nombre de prêtres, desservant une
paroisse, alors peu populeuse. Il y avait énormément de fondations et de charges, qui nécessitaient un personnel nombreux. Une messe à notes, par exemple, était chantée tous les
jours; et, très souvent aussi, on devait chanter les matines et
d'autres heures de l'Office.

Le quartier de Bourg-les-Bourgs, apparte-
nant au fief du prieuré de Loc-Maria, dépendait de cette église ; et les habitants avaient,
pour s'y rendre, un pont qui fut démoli (1)
en 1740. On le regretta alors, on le regrette
encore aujourd'hui.

Ses Rues, en 1764

Au plan de Quimper, dressé en 1764, qui
se trouve à la Mairie, six rues seulement
sont indiquées dans le vaste espace de la
Terre-au-Duc.

1º Rue des Orfèvres. — Cette rue s'appelait primitivement rue des *Febvres,* c'est-à-
dire des serruriers. Ce n'est que par erreur,
et à cause de la similitude des noms, qu'on
l'a appelée rue des *Orfèvres,* lorsque le mot

(1) Ces renseignements et d'autres qui suivent sont tirés de
l'opuscule de M. Trévédy : *Promenade à Quimper, passim.*

Febvres a cessé d'être en usage. Elle comprend la rue actuelle du *Chapeau-Rouge* (1), et une partie de la rue *Saint-Marc*. Elle partait du pont Médard, et se prolongeait jusqu'à Saint-Joseph, en passant derrière la caserne neuve, et le côté Nord de la place La Tour-d'Auvergne.

2° RUE DU ROSSIGNOL, aujourd'hui rue *Saint-Mathieu*. — Elle partait de la place *Terre-au-Duc*, et gardait son nom, seulement jusqu'à la place Saint-Mathieu.

3° RUE DU PORZ-MAHÉ. — C'est ainsi qu'on nommait le prolongement de la rue du *Rossignol*, au delà de la place Saint-Mathieu. A partir du carrefour de la rue Laënnec et de la rue Vis, la rue *Porz-Mahé* continuait le long de la caserne de gendarmerie, et contournait, au Sud, la place La Tour-d'Auvergne, jusqu'à un terrain vague, situé à l'entrée de la rue actuelle de Bourg-les-Bourgs, en face du Sacré-Cœur.

4° RUE VIS. — En 1539, on la nommait

(1) Le nom de *Chapeau-Rouge* vient de l'enseigne d'une auberge, à la fin du siècle dernier.

rue du *Vice* ou du *Vicze*. C'est notre rue *Vis* actuelle.

5º RUE DE LA VIEILLE-COHUE. — C'est la rue *Laënnec*. Le nom de *Vieille-Cohue* avait été donné à cette rue, à cause du voisinage de l'ancienne halle ou *Cohue du Duc* et ensuite *du Roi*. Elle a gardé ce nom jusqu'en 1868, où elle a été appelée rue *Laënnec*, du nom du grand médecin, notre illustre compatriote, qu'on dit y être né. Cependant, quelques-uns soutiennent, et peut-être n'ont-ils pas tort, que Laënnec n'est pas né là, mais bien dans la maison portant le nº 2 de la rue du Quai.

6º RUE DU SEL. — C'est aujourd'hui la rue du *Quai*. Autrefois, on l'appelait aussi de ce nom, ou même simplement *le Quai*, dans les actes du dernier siècle.

Il faut y ajouter une septième rue, qui n'est pas portée au plan, incomplet du côté Nord : la rue *Bily* ou *Vily*. C'est la rue de la *Providence*. L'origine du nom *Bily* est douteuse. Doit-on l'attribuer, comme l'a supposé M. de Blois, aux galets, en breton *bily*, dont la rivière du Stéir aurait pu, jadis, couvrir cette rue ? M. Trévédy aime mieux adopter une autre explication, et croire que ce nom vient d'une famille *Bily*, qui, au dernier siècle, a donné un maire à la ville de Quimper.

En plus de ces rues, il y avait encore quelques venelles qui existent toujours, et dont les noms n'ont pas dû changer : venelle de la *Gaze*, venelle du *Pain-Cuit*, venelle du *Moulin-du-Duc*, etc... Elles ne sont pas tracées sur le plan, mais indiquées seulement par des amorces.

SA POPULATION

D'après des renseignements puisés aux archives de l'évêché, la population de la paroisse de Saint-Mathieu, au commencement de ce siècle, était de 2,200 âmes. Vers le milieu du XVIIᵉ siècle, le chiffre de la population devait être à peu près de moitié

moindre, à en juger par le nombre des décès
annuels relevés dans les registres. En 1638,
on compte 26 décès ; en 1640, 24. En l'année
1639, année de la peste, qui fit tant de rava-
ges à Quimper, le chiffre des décès s'élève à
118. C'est loin encore cependant de la pro-
portion marquée par un auteur du temps (1),
qui prétend que le tiers de la population de
Quimper avait succombé. Si cette assertion
est exacte, la paroisse de Saint-Mathieu aurait
été privilégiée. Pendant la peste, deux prêtres de Saint-Mathieu furent victimes de
leur dévouement : Gabriel Donval, mort le
15 Septembre 1639, et Hervé Kervahian,
mort le 9 Octobre de la même année.

Actuellement, l'*Ordo* diocésain, qui repro-
duit les chiffres du dernier recensement offi-
ciel, porte, pour la paroisse de Saint-Mathieu,
8,275 habitants. Ce chiffre comprend, évidem-
ment, la caserne et les communautés.

(1) Le P. Maunoir.

LES COUVENTS & CHAPELLES

SITUÉS SUR LA PAROISSE, AU SIÈCLE DERNIER

Avant la Révolution, on comptait six couvents dans la paroisse de Saint-Mathieu.

1º Le couvent des *Ursulines*, fondé en 1621, et dont les bâtiments subsistent encore et forment la maison de justice actuelle et l'ancienne caserne.

2º Le couvent des *Dames de la Retraite*, aujourd'hui, la caserne de gendarmerie.

Cette maison fut bénite, en 1743, par Mgr de Plœuc.

3º Le couvent des *Cordelières*, ou sœurs du Tiers-Ordre de saint François, fondé en 1650, et servant aujourd'hui de résidence aux RR. PP. Jésuites. C'est la maison de Saint-Joseph. Au moment de la Révolution, ce couvent n'était plus habité. Il avait été fermé, dès 1742, en égard, dit l'ordonnance royale du 28 Mars de cette année, au petit nombre des religieuses (il n'y avait que trois professes). En 1791, il fut transformé en caserne.

4° Le couvent des *Capucins*, aujourd'hui le Sacré-Cœur. Fondé en 1611, il avait pour église la chapelle de Saint-Sébastien. Le couvent fut brûlé en 1785, et rebâti, en grande partie, des libéralités de la ville. Cette maison, vendue d'abord nationalement, fut acquise ensuite par une personne généreuse qui en donna la disposition à l'évêque. Des Visitandines y furent établies, de 1806 à 1817, époque où les Dames du Sacré-Cœur s'y fixèrent. La chapelle de Saint-Sébastien a été démolie et remplacée, en 1879, par l'élégante chapelle actuelle.

5° L'abbaye royale de *Kerlot*, située sur le Quai, et dont on voit encore une partie des bâtiments, à côté du Palais de Justice. Les religieuses de cette abbaye étaient des Cisterciennes, établies en 1652 au manoir de Kerlot, en Plomelin, et venues à Quimper en 1668.

6° Le couvent des *Calvairiennes* (Bénédic-
tines réformées), occupé depuis 1816 par le
Grand-Séminaire. La fondation de ce couvent remonte à 1634. Il ne reste plus des
anciens bâtiments que la partie Ouest et la
chapelle.

— Le plan de 1764 mentionne encore deux
autres chapelles dans la Terre-au-Duc, dont
l'une, la chapelle Saint-Jean, a disparu, mais
que les vieux habitants de Quimper doivent
se rappeler avoir vue jusque vers 1830, où
elle a été démolie. Elle s'élevait à l'angle
Ouest de la rue Vis et du Quai, et était le
dernier reste d'une maison de Frères Hospi-
taliers de Saint-Jean de Jérusalem, appelés
depuis Chevaliers de Malte. M. de Blois pense
que cette fondation était très ancienne, et
qu'il y est fait allusion dans des pièces du
milieu du xii° siècle.

La chapelle Saint-Marc existe toujours.
Elle est bien plus ancienne que le cimetière
qui lui est contigu, celui-ci n'ayant été bénit
que le 3 Novembre 1788. Autrefois, le cimetière entourait l'église paroissiale du côté

de la place et vers le chevet. Il occupait environ la moitié de la place actuelle. Il était très restreint ; aussi, de temps en temps, il fallait creuser une grande fosse et y entasser les ossements. C'était l'occasion d'une imposante solennité funèbre, à laquelle tout le peuple prenait part et dont il est parlé dans de vieux documents (1).

Sur le mur méridional de la chapelle, on remarque une pierre encastrée dans la maçonnerie, et portant, en caractères du XIVe ou XVe siècle, cette inscription :

MARC FUT DU SECLE (SIÈCLE) COMME VOUS
PRIEZ POUR LUI : PENSEZ DE VOUS.

C'est une pierre tombale, et cela prouverait, d'après certains archéologues (2), que la chapelle primitive de Saint-Marc, la première qui a été bâtie, car la chapelle actuelle

(1) Lorsqu'on faisait les fouilles, pour la construction de l'église neuve, on a découvert, du côté de la place, une grande quantité d'ossements, qui ont été recueillis avec soin, et déposés dans une fosse murée, qui se trouve à l'intérieur de l'église, près de l'autel de Sainte-Anne.
(2) *Dictionnaire d'Ogée,* Saint-Mathieu de Quimper.

est de construction moderne, a été élevée sur le tombeau d'un nommé *Marc*, son fondateur.

L'avenue de Kernisy s'appelle *Creac'h-March*, ou colline de Marc.

NOTRE ÉGLISE

— ✳ —

Il est permis de croire que la première église érigée, à Quimper, sous le vocable de Saint-Mathieu, l'a été à l'époque où, suivant une respectable tradition (1), des navigateurs bretons, venant des côtes d'Ethiopie, apportèrent avec eux, sur leur navire, le corps du saint Apôtre, et firent élever en son honneur, pour l'y déposer, à la pointe la plus avancée de la presqu'île de Léon, un monument devenu, dans la suite, la célèbre

(1) Saint Mathieu, apôtre de l'Ethiopie, y a été martyrisé, et son corps est maintenant dans l'église de Salerne, en Italie. La translation de ses restes d'Ethiopie à Salerne ne s'est pas faite directement. Les leçons du Propre du bréviaire de Salerne, pour le jour où l'église métropolitaine de cette ville célèbre la fête de la Translation du glorieux Apôtre, disent que son corps resta, pendant assez longtemps, dans le pays de Léon, en Bretagne. — Paulinien, évêque de Léon, vers le xᵉ siècle, a écrit lui-même l'histoire de l'arrivée du corps de saint Mathieu en Armorique.

abbaye de Saint-Mathieu. C'est, vraisembla-
blement, vers la même époque, que fut fondée l'église de Saint-Mathieu, de Morlaix,
qui a été, jusqu'à la Révolution, un prieuré
dépendant de l'abbaye de Saint-Mathieu *Fin-
de-terre*.

Quoi qu'il en soit, de cette tradition et du
temps, difficile à préciser, où l'événement
qu'elle rapporte s'est accompli, il est certain,
du moins, qu'une église, de style roman, a
précédé la vieille église que nous venons de
voir disparaître. Celle-ci avait été construite
à la fin du xve siècle, de 1498 à 1515. Elle
n'était pas jadis telle que nous l'avons connue dans ces derniers temps. Jusqu'en 1844,
une tour, indépendante de l'église, s'élevait
sur le même plan que sa façade, dans son
prolongement vers le Nord. Un passage existait sous cette tour. Il y avait aussi, accolé
au mur Nord de l'église, un petit édifice, la
chapelle de Notre-Dame du Paradis ou du
Parvis (1), dont l'usage fut concédé aux Reli-

(1) Le cimetière s'appelait autrefois le paradis ; de là vient
sans doute le nom donné à cette chapelle, qui se trouvait près
de l'entrée du cimetière.

gieuses Ursulines, à l'époque de leur établissement à Quimper, mais qui fut la source de bien des difficultés et de nombreux litiges entre elles et la Fabrique de Saint-Mathieu, jusqu'au jour où elles eurent leur église propre, cette modeste construction qui se remarque encore à l'extrémité de la Maison de Justice.

Les principales raisons qui, en 1844, décidèrent à abattre cette tour, étaient qu'elle menaçait ruine, et que l'église était trop petite les jours de grande solennité. On profita de la circonstance pour l'allonger d'une travée.

Dans notre nouvelle église, nous avons conservé le portail et le clocher de 1844. Avant de les démolir, on avait eu soin d'en numéroter les pierres, et on les a rétablies dans l'ordre qu'elles occupaient dans la construction, mais en ajoutant plusieurs assises de pierres neuves au portail, afin de l'exhausser, et en donnant aussi environ quatre mètres de plus d'élévation à la flèche et aux clochetons.

Notre clocher actuel est à 52 mètres au-dessus du pavé de la rue : il a 10 mètres de plus que l'ancien ; et la longueur totale de l'église, à l'extérieur, est de 54 mètres, de 47 mètres 50, à l'intérieur. Sa largeur intérieure est de 20 mètres, et sa hauteur, sous clef de voûte, d'environ 15 mètres. Les bras du transept n'ont, chacun, que 2 mètres de profondeur. L'église, bien remplie, peut contenir 1,500 personnes assises.

PRINCIPALES DATES

SE RAPPORTANT A LA CONSTRUCTION DE L'ÉGLISE

1er Mai 1892 . . . . . Annonce de la souscription.

27 Décembre 1893 . Adjudication des travaux.

20 Janvier 1894 . . . Dernière messe célébrée dans la vieille église.

17 Mars 1894 . . . . Pose de la première pierre dans les fondations.

1er Mai 1894 . . . . . Bénédiction de la première pierre par Mgr Valleau.

13 Décembre 1896 . Prise de possession de la nouvelle église.

21 Septembre 1897. Consécration de l'église par Mgr Valleau.

L'architecte a été M. Gustave BIGOT, architecte honoraire du département.

ENTREPRENEURS

M. René HARDY, de *Nantes*, pour la maçonnerie ;

M. KERALUM, de *Quimper*, pour la charpenterie ;

M. GOURMELON, de *Morlaix*, pour la couverture et la zinguerie ;

M. SICOT, de *Quimper*, pour la plâtrerie ;

M. LORIT, de *Quimper*, pour la serrurerie ;

M. PERRET, de *Quimper*, pour la vitrerie et la peinture ;

M. J.-L. NAOUR, de *Quimper*, pour les travaux réservés : clocher, portail, œuvres d'art, meneaux des fenêtres.

Le devis primitif de tous les travaux montait à. . . . . 218,150 fr. 00
(1) Au règlement définitif des comptes, il a été payé . . . . 250,343 fr. 02

MEMBRES DU CONSEIL DE FABRIQUE
lors de l'adjudication.

M. LAIMÉ, *président* ;
M. Y. LE ROY, *recteur* ;
M. ASTOR, *maire* ;
M. H. DE COUESNONGLE, *trésorier* ;
M. DE COATGOUREDEN, *secrétaire* ;
M. ALIX ;
M. MAGRÉ.

---

(1) Les paroissiens de Saint-Mathieu, si heureux de leur église, ne sauraient oublier que la vénérable Mᵐᵉ Bonnemaison a un droit tout particulier à leur reconnaissance et à un souvenir dans leurs prières. Sans sa grande générosité, l'œuvre de la reconstruction de l'église n'aurait pas pu être tentée de si tôt.

MOBILIER DE L'ÉGLISE

———*———

Il n'y a, dans l'église neuve, de l'ancien mobilier, que le vitrail de la Passion, au fond de l'abside, les stalles du chœur, les tableaux du chemin de la croix, l'orgue, et, au bas de l'église, l'autel de la chapelle Saint-Antoine de Padoue, qui est l'ancien autel du Sacré-Cœur, moins son baldaquin et ses statues. Tout le reste a été acquis depuis la construction.

DÉTAIL DU MOBILIER
avec les noms des artistes et fournisseurs.

STATUAIRE & SCULPTURE

M. VALLET, *sculpteur*, *Nantes* : maître-autel, table de communion, autel Saint-Joseph, autel Sainte-Anne, autel de la Vierge, fonts-baptismaux, bénitiers en marbre.

VITRAUX

MM. Florence et Cie, *peintres-verriers, Tours :* les deux verrières neuves de l'abside et l'ancienne restaurée (1), vitrail de Saint-Charles, vitrail de Sainte-Elisabeth, vitrail de Saint-Georges, vitrail de Saint-Martin.

M. Lepètre, *peintre-verrier, Rouen :* les grisailles de la grande nef au-dessus du chœur, vitrail de Saint-Joseph, vitrail de Sainte-Anne, vitrail de Saint-Louis, vitrail de Saint-Yves, vitrail de Saint-Jean l'Évangéliste.

M. Ch. Champigneulle, *Paris :* la grande verrière du Sacré-Cœur.

MM. Gallon et Cie, *Nantes :* la grande verrière de la Vierge.

M. Laumônier, *Vannes :* les grisailles de la chapelle des Fonts et de la chapelle Saint-Antoine de Padoue.

---

(1) Ces trois verrières forment un triptyque où toute la vie de Notre-Seigneur est résumée : la verrière de gauche représente des scènes de la vie de Notre-Seigneur avant sa Passion, celle du milieu, la Passion, et celle de droite, des scènes de sa vie après sa résurrection.

M. Toularc'hoat, *Landerneau :* la tribune et les confessionnaux.

M. A. Autrou, *Quimper :* la chaire à prêcher.

M. H. Trévidic, *Quimper :* les meubles et boiseries de la sacristie.

Le Recteur de Saint-Mathieu,
pendant la révolution

Au moment où la Révolution éclata, la paroisse de Saint-Mathieu avait à sa tête un prêtre éminent, un digne et saint pasteur, qui déploya, dans ces temps calamiteux, l'énergie et la vaillance d'un admirable confesseur de la foi. M. François-Guillaume Coroller était né à Quimper en 1734, et il était recteur de Saint-Mathieu depuis 1764. C'était, écrit M. Téphany (1), « un vieillard « d'une taille imposante et d'une figure

(1) *Histoire de la persécution religieuse,* p. 182.

« vénérable : toute sa personne respirait une
« grande piété. » Lorsque le principal du
Collège de Quimper, le trop fameux M. Claude
Le Coz, un des premiers adhérents au schisme
dans notre diocèse, eut publié son apologie
de la Constitution, M. Coroller se distingua
par l'ardente polémique qu'il soutint contre
lui, et la réfutation victorieuse (1) de ses
pernicieuses doctrines. Il avait, du reste,
qualité pour cela ; il était très versé dans
les sciences ecclésiastiques, et docteur en
théologie de la Faculté de Paris. Sa première brochure : *Réponse à l'apologie de cinq
articles de la Constitution civile du Clergé,
par M. C..., Procureur-syndic du District de
Quimper*, parue chez M. Fauvel, libraire,
Terre-au-Duc, fut dénoncée, le 24 Novembre
1790, au Département, comme étant de na-
ture à troubler l'ordre public. « Je requiers,
« disait, en terminant son rapport, le Pro-
« cureur - général, qu'un exemplaire soit
« adressé à l'Assemblée nationale, et, en

(1) D'autres réfutations avaient paru en même temps, celle
de MM. les Vicaires capitulaires, le siège vacant, et celle de
M. Liscoat, supérieur du Grand-Séminaire.

« outre, à la Municipalité de Quimper, pour
« que le Procureur de la Commune prenne
« telles conclusions qu'il verra » (1).

Cette émotion du Directoire n'intimida pas
le vaillant recteur de Saint-Mathieu. Malgré
les poursuites dont il était menacé, il con-
tinua de demeurer au milieu de ses paroissiens, et, le 16 Janvier 1791, jour fixé pour
la publication des décrets exigeant le serment
à la Constitution, il monta en chaire et fit
entendre une vibrante et magnifique protestation contre ces décrets, qui allaient, comme
il le disait, livrer la France à l'anarchie spirituelle la plus déplorable, faire déserter les
temples et abandonner les autels (2).

Le soir même, ce discours était encore
dénoncé aux Amis de la Constitution, et le
lendemain, 17 Janvier, le Directoire du District prenait contre lui un arrêté déclarant
qu'il « est d'avis qu'à la diligence de l'accu-
« sateur public, le sieur Coroller soit pour-
« suivi et qu'on s'assure de sa personne ».

(1) *Documents sur la Révolution*, p. 117.
(2) Voir, plus loin, de longs extraits de cette protestation.

3

Il est probable que c'est alors, pour échapper à ces poursuites, qu'il se réfugia à Saint-Caradec, paroisse des Côtes-du-Nord, qui dépendait, en ce temps, de l'évêché de Quimper ; et c'est là aussi, probablement, qu'il rédigea une nouvelle brochure intitulée : *Réponse au 3ᵉ mémoire de M. Le Coz sur la Constitution civile du clergé.* Il l'avait écrite, disait-il, étant errant et fugitif, caché au milieu des bois, sans bibliothèque, et il l'avait fait imprimer chez M. Louis-Jean Prud'homme, à Saint-Brieuc.

A Vannes, la police de cette ville saisit trois ballots de cette brochure, l'un à l'adresse de M. Fauvel, libraire à Quimper, un autre à l'adresse de M. Descamps, médecin, et le troisième, à destination de Brest, pour M. Fournier, également libraire. Elle en avertit le Directoire du département du Finistère, afin qu'il avisât aux mesures qu'il convenait de prendre. Les ballots furent expédiés à Quimper, et le Directoire prit connaissance de la brochure. Il la jugea des plus incendiaires et ordonna sa confiscation.

Mais, cela ne suffisait pas pour calmer

l'agitation des têtes chaudes du parti de la
Révolution ; une sorte d'émeute eut lieu dans
les rues de Quimper, et une bande de 150 à
200 énergumènes se présenta devant la Municipalité, réclamant impérieusement l'ex-
pulsion de la ville du sieur Fauvel, et la
fermeture de sa maison, foyer de la réaction
et de l'opposition aux lois. Ce courageux
chrétien, dont le nom mérite de ne pas tom-
ber dans l'oubli, fut incarcéré le jour même,
17 Mars 1791. Quant à M. Coroller, un man-
dat d'arrêt fut aussi lancé contre lui. Le
24 Mars, le Procureur-Syndic du District de
Quimperlé signale sa présence au château
de Quimerc'h, en Bannalec ; il ajoute qu'on
l'a vu, le mardi précédent, se rendant de
Saint-Thurien à Querrien. Mais, il faut croire
que, pendant quelques mois, M. Coroller
réussit à déjouer les poursuites, car ce n'est
que le 25 Juillet qu'il fut interné à la prison
des Carmes, à Brest (1). Il n'y demeura pas

(1) M. Jean Jacquer, son vicaire, fut arrêté en même temps
que lui. Lorsqu'ils passaient dans les rues de Brest pour se
rendre à la prison des Carmes, la populace, massée sur leur
passage, les accablait d'injures et d'outrages, et les gardes
qui les accompagnaient eurent bien de la peine à l'empêcher
même d'attenter à leurs jours.

longtemps. L'amnistie générale du 22 Septembre 1791 lui ouvrit les portes de la prison. Il en profita pour se rendre en Angleterre, où il séjourna jusqu'en 1796 (1). Il revint alors à Quimper, et mourut recteur de Saint-Mathieu, le 5 Juillet 1807.

PROTESTATION DE M. COROLLER

contre les décrets exigeant le serment à la Constitution civile du clergé.

MES CHERS PAROISSIENS,

.....Français autant par les sentiments de mon cœur que par ma naissance, je déclare que l'insurrection est, à mes yeux, un crime ; que la révolte est le plus grand de tous les attentats dans l'ordre de la société ; que la Religion a gravé ces sentiments dans mon cœur en caractères inef-

(1) La paroisse de Saint-Mathieu fut supprimée par la nouvelle constitution, qui réunissait toutes les paroisses de la ville épiscopale sous le gouvernement de l'Évêque, administrant avec le secours de vicaires épiscopaux. C'est à cela que notre paroisse doit le bonheur de n'avoir pas eu de recteur intrus.

façables ; que je soutiendrai toujours, par la force de mes exemples, une doctrine que j'ai toujours prêchée ; que je ne troublerai jamais l'ordre public et social ; que le titre de chrétien, le caractère auguste de ministre de la Religion sont les sûrs garants de ma soumission, de ma fidélité, de mon patriotisme ; mais que ces titres m'imposent des devoirs essentiels, et l'obligation de refuser le serment, relativement à la Constitution dite *civile du clergé ;* que je veux vivre et mourir dans le sein de l'Église dans laquelle le Ciel a placé mon berceau ; que je veux vivre et mourir dans le sein de la Religion catholique, apostolique et romaine, hors de laquelle il n'y a point de salut.

Je vous déclare qu'en prêtant le serment qu'on exige de moi, je renoncerais à la Religion catholique, apostolique et romaine ; que mon refus est un hommage que je dois à la foi, un exemple que je dois aux chrétiens ; que le serment serait un scandale aux yeux de tous les catholiques dont les regards sont fixés sur leur Pasteur ; que je refuse le serment qu'on exige de moi, avec d'autant plus de satisfaction, que je le fais en présence d'un peuple vertueux, à qui rien n'est plus cher que la Religion de ses ancêtres, et qui veut vivre et mourir dans le sein de l'Église romaine.

Je vous déclare, mes chers paroissiens, que je

vous suis attaché, depuis vingt-sept ans, depuis
ma jeunesse, par les nœuds les plus sacrés, par les
sentiments de la reconnaissance, et un tendre et
respectueux attachement que rien n'a jamais pu
altérer. Je n'ai jamais voulu me séparer de vous ;
j'ai résisté aux sollicitations, aux importunités ;
les promesses n'ont pu me tenter ; les offres les
plus avantageuses n'ont jamais pu m'ébranler ;
j'aurais pu être riche ailleurs, mais je ne pouvais
être heureux sans vous.

Des motifs encore plus impérieux, mon devoir,
ma religion m'imposent l'obligation de résider au
milieu de vous, et je remplirai ce devoir sacré, à
moins que la violence ne m'arrache à ce que j'ai
de plus cher. Vous êtes mes enfants dans l'ordre
de la grâce ; je ne cesserai jamais d'être votre
père ; je vivrai et je mourrai votre seul pasteur.
Je porterai dans le tombeau ce titre si cher à mon
cœur. Je veux que mes cendres reposent dans le
lieu saint où vos corps seront déposés. Oui, que la
mort même ne sépare pas des cœurs qui ont été
unis par le lien de la charité. Je porterai le titre
d'une juridiction que les hommes ne m'ont pas
donné, et que les hommes ne peuvent m'arracher,
au pied de ce Tribunal, où Jésus-Christ, revêtu de
gloire et de majesté, jugera tous les hommes ; au
pied de ce Tribunal redoutable, où j'attends et

j'appelle les confrères dont la conduite accuse la mienne.

Je prends à témoin le soleil qui nous éclaire, le Dieu qui nous voit, que la déclaration que je viens de vous faire est dictée par la Religion, est commandée par ma conscience ; qu'elle est aussi sincère qu'elle est irrévocable. . . . .

..... Quoi ! mes chers paroissiens, vous versez des larmes ; vous pleurez ! Ah ! ne pleurez pas sur moi, mais pleurez sur vous et sur vos enfants. Ne pleurez pas sur moi, mon âge et mes chagrins me font entrevoir un terme prochain à mes maux ; la mort est un bienfait quand la vie est un supplice ; mais pleurez sur vous et sur vos enfants. Ne pleurez pas sur moi, mais pleurez sur nos temples déserts, sur nos autels abandonnés, sur cette chaire bientôt muette ou qui cessera d'être celle de la vérité. Ne pleurez pas sur moi, mais pleurez sur tant de pasteurs, sur tant de ministres de la Religion, ébranlés par la crainte, éblouis par l'intérêt, séduits peut-être par les conseils d'une amitié perfide, ou égarés par l'ignorance et la crédulité. Ah ! pleurez, pleurez sans cesse. . . . . . .

..... L'Église de France est couverte de deuil, et la Religion ne vous demande que des larmes et des prières.

Liste des Recteurs & Vicaires de Saint-Mathieu,

DEPUIS LA RÉVOLUTION.

———— ✶ ————

RECTEURS

MM.

1764-1807, François - Guillaume Coroller, chanoine honoraire.

1807-1816, Jean Le Normant (ancⁿ vicaire).

1816-1818, Pierre Landouer (ancⁿ vicaire).

1818 (du 18 Février au 23 Juillet), René-Urbain-Joseph-Marie Roulloin.

1818-1827, Jean-Marie Clérec.

1827-1834, Jean-Marie L'Ollivier.

1834 (du 3 Janvier au 12 Février), Pierre-Marie Guizouarn.

1834-1838, Jean-Paul Léon.

1838-1846, Salomon-Marie Pouliquen, chanoine honoraire.

1846-1855, Samuel Dufeigna-Keranforêt.

1855-1863, Jean Le Bras (ancien vicaire).

1863-1864, Joseph-Ferdinand Tanguy.

1864-1877,   Alphonse-Louis-Marie de Penfentenyo de Kervéréguin.

1877-1886,   Jean-Marie Le Bihan (ancien vicaire).

1886-   ,   Yves-Marie Le Roy, chanoine honoraire.

VICAIRES

MM.

Avant 1804, P. Bulot.
1804-1807,   Jean Le Normant.
1807-1813,   Pierre Landouer.
1813-1814,   Jean-Marie Kermel.
1814-1816,   Louis-Olivier-Marie Tabourdet.
1816-1817,   Tanguy Guéguen.
1817-1819,   François-Marie Clec'h.
1819-1820,   Jean-Louis-Guillaume Bernard.
1820-1821,   Yves Moëlo.
1821-1823,   Jean-Franç\s-Armand Pouliquen.
1823-1824,   Yves-Marie Breton.
1824-1827,   Pascal-Marie Plusquellec.
1827-1828,   François-Marie Simon.
1828-1830,   Charles Perrot.
1830-1834,   Olivier Naveau.

1834-1855, Jean Le Bras.

1851-1857, Laurent Floc'h (1).

1857-1859, Jean-Marie Le Bihan.

1859-1863, Jean-Pierre Caquelard.

1861 (du 23 Février au 21 Septembre), Lucien-Jules Salaün.

1861-1862, François-Marie Bayec.

1862-1863, Napoléon-Casimir Olivier.

1863-1866, Barthélémy Yvenat.

1863-1864, Charles-Gabriel Larvor.

1864-1869, Pierre Gadal.

1866-1876, Auguste-Lucien Labrousse.

1869-1870, François-Noël-Marie Brignou.

1870-1875, Jean-Marie Le Maout,

1875-1886, Alfred Le Roy.

1876-1892, Yves-Guillaume Cuillandre.

1883-1895, Jean-Marie Quéré (2).

1886-   , André-Jean Le Du.

1892-1893, Thomas-Pierre-Marie Blouet.

1893-   , Joseph-Marie Mével.

1895-   , Alain-Christian Le Page.

---

(1) Avant M. Floc'h, il n'y avait pas de second vicaire.
(2) Avant M. Quéré, il n'y avait pas de 3e vicaire.

SERVICE PAROISSIAL

SERVICE PAROISSIAL

RÈGLEMENT - AVIS

— ✳ —

Messes. — De Pâques à la Toussaint, la 1re messe est dite à 5 h. 1/2, la 2e à 7 h. et la 3e à 8 h.

De la Toussaint à Pâques, la 1re messe à 6 h., la 2e à 7 h. 1/2 et la 3e à 8 h. 1/2.

Tous les dimanches de l'année, la 2e messe à 7 h. 1/2, la 3e à 9 h. et la grand'messe à 10 h.

Les jours de fêtes non chômées, la grand'messe se chante à 8 h. ou 8 h. 1/2, selon la saison.

— Bien qu'il suffise, pour le strict accomplissement du précepte, d'entendre une messe le dimanche, n'importe dans quelle église ou chapelle, qu'elle soit messe chantée ou messe

basse, nul ne doit ignorer cependant que
l'Église exhorte vivement les fidèles à fré-
quenter, de préférence, leur paroisse, et à
assister même, le plus souvent qu'ils le peuvent, à la grand'messe. Cette messe est célébrée avec plus de pompe et de solennité ;
elle est, par excellence, la messe paroissiale,
ou la messe de la communauté, de la famille
paroissiale. C'est à cette messe que se font
les annonces, que le pasteur donne ses avis...
Quand la grand'messe est bien suivie, on a
le témoignage le plus sûr de l'esprit religieux
d'une population.

— Que les parents ne négligent pas de
conduire leurs enfants à la messe, le dimanche. Dès l'âge de raison, c'est-à-dire vers
7 ans, les enfants sont tenus d'assister à la
messe, à moins que leur santé ou leur éloi-
gnement de l'église ne les en dispense.

Vêpres. — Les vêpres sont toujours chan-
tées à 3 heures, si ce n'est à l'occasion de
certaines grandes fêtes, lorsqu'un sermon
doit suivre. Elles commencent alors une
demi-heure plus tôt, à 2 h. 1/2.

Si la grand'messe a eu lieu à 8 heures ou 8 h. 1/2, il n'y a pas le chant des vêpres dans l'après-midi, mais celui des complies, à 7 h. 3/4 du soir.

Après les vêpres et les complies, bénédiction du Saint-Sacrement.

— Les vêpres ont été établies pour aider les fidèles à sanctifier le dimanche. Elles se composent surtout du chant des psaumes, les plus belles prières de l'Ancien Testament.

— Les complies sont la dernière heure de l'Office divin, celle qui doit, régulièrement, se réciter à la chûte du jour. Elles conviennent donc bien à une réunion du soir.

Communion. — La sainte communion est distribuée aux fidèles, les dimanches et les jours de fêtes : pendant la première messe, après la communion du prêtre, et par un autre prêtre, celui qui a prêché ; ou, s'il n'y a pas eu d'instruction, immédiatement après la messe, — environ dix minutes avant la messe de 7 h. 1/2 et celle de 9 h., — immédiatement après chacune de ces messes.

— On la distribue encore à 6 h. 3/4, pendant

l'été, et à 7 h. pendant l'hiver ; et même, après la grand'messe, si des personnes se présentent.

Les jours de la semaine, — immédiatement avant et pendant les messes de règle.

— Lorsqu'il y a affluence de communiants à une messe quelconque, il faut éviter de se rendre à la sainte Table avec une trop grande hâte, qui produirait du désordre. S'il était nécessaire, on donnerait la communion, en même temps, à deux autels, au maître-autel et à l'autel de la Vierge.

Confessions. — Les heures ordinaires des confessions sont : le matin, depuis la fin de la première messe jusqu'après la messe de 8 heures ou 8 h. 1/2, — le soir, vers 4 h., — les samedis et les veilles des fêtes, toute l'après-midi, depuis 2 h. ; et encore, dans la soirée, après le repas, aussi longtemps qu'il y a du monde.

— Après chaque messe de règle, l'enfant de chœur de semaine fait la tournée des confessionnaux. Il la fait également, toutes les demi-heures, dans l'après-midi du samedi ou de la veille des fêtes. Si, en dehors de ces heures, une personne désirait se confesser, elle devrait s'adresser au sacristain, qui préviendrait le confesseur.

On ne confesse que, par exception, les dimanches et les jours de fêtes.

Prédications. — Tous les dimanches de l'année, en général, hormis les mois d'Août et de Septembre, instruction bretonne à la première messe ; instruction française à la messe de 9 h. et à la grand'messe.

Sermon à toutes les grandes fêtes, — Station de Carême, — Mois de Marie, — Triduum de saint François de Sales, etc.....

— Pour bien profiter de la parole de Dieu, certaines dispositions sont requises de la part des auditeurs. Notre-Seigneur lui-même les indique dans le Saint Évangile (la parabole du semeur). Il faut surtout un cœur simple et droit qui recherche moins ce qui plaît que ce qui instruit et édifie.

Baptême. — Lorsqu'un enfant est né, le premier soin de ses parents chrétiens doit

4

être de lui faire administrer, au plus tôt, le baptême. D'après les Statuts du diocèse, ils seraient coupables de désobéissance grave, s'ils attendaient, sans motif légitime, au delà de trois jours.

— Ces mêmes Statuts défendent d'admettre pour parrains et marraines :

1º Les ecclésiastiques engagés dans les ordres sacrés, les religieux ou les religieuses, sans une permission spéciale de l'évêque.

2º Les hérétiques déclarés ou notoires ; les pécheurs notoirement impies et scandaleux, lesquels ne pourront même remplir cet office par procureur.....

3º Les enfants qui n'ont pas fait leur première communion.

Relativement à ces derniers, les Statuts ajoutent : cependant, quand le nouveau-né sera présenté aux fonts baptismaux par un parrain et une marraine (1), comme l'usage en est général, il suffira que l'un des deux remplisse cette condition : l'autre pourra être reçu, s'il connaît les éléments de la Religion

---

(1) L'Église n'exige que la présence d'un parrain ou d'une marraine.

et s'il a complété sa septième année. En ces termes (1), l'exception pourra même être admise pour le parrain et la marraine tout à la fois, s'ils sont frère et sœur de l'enfant à baptiser.

— Lorsque, pour des raisons sérieuses, le baptême solennel doit être différé, les parents ont toujours l'obligation de faire ondoyer (2) leur enfant dans les trois jours qui suivent sa naissance ; et alors, avant de venir au presbytère pour régler l'heure de l'ondoiement, ils doivent, préalablement, avoir demandé à l'évêché un permis, qu'ils présentent à M. le Vicaire de semaine.

C'est un abus de retarder le baptême solennel de l'enfant jusqu'à plusieurs années ; c'est le priver, pendant longtemps, des grâces spéciales attachées à ces différents rits.

— En cas de nécessité, c'est-à-dire en cas de danger de mort pour l'enfant, toute personne peut et doit l'ondoyer. Il suffit, pour

(1) En ces termes, c'est-à-dire, moyennant ces deux conditions : instruction religieuse suffisante et sept ans accomplis.
(2) L'ondoiement est le baptême donné en dehors des cérémonies et prières de l'Église.

cela, de prendre de l'eau naturelle, d'en
verser sur la tête de l'enfant, en prononçant,
en même temps, ces paroles : je te baptise
au nom du Père, et du Fils et du Saint-
Esprit.

Il faut que l'eau coule sur la tête de l'enfant et qu'elle ne touche pas seulement les
cheveux, mais la peau. Il est bon, par conséquent, de séparer les cheveux avant de
verser l'eau, et même d'humecter légère-
ment avec le pouce mouillé la partie de la
tête sur laquelle l'eau sera versée.

Les père et mère ne baptiseront leur enfant
qu'à défaut de toute autre personne présente,
sachant baptiser.

Si l'enfant a reçu le baptême de la maison,
qu'on n'omette pas de le déclarer, lorsqu'il
sera porté à l'église pour le baptême solennel.

— Le parrain et la marraine contractent
une affinité ou alliance spirituelle avec la
personne baptisée, ainsi qu'avec son père et
sa mère. D'où cette conséquence, que le parrain ne peut épouser, sans une dispense de
l'Église, ni sa filleule, ni la mère de son filleul
ou de sa filleule, et que la marraine ne peut

épouser ni son filleul, ni le père de son filleul ou de sa filleule.

Catéchismes. — Les catéchismes s'ouvrent le jeudi après la fête du Rosaire, premier dimanche d'Octobre, et durent jusqu'à la première Communion, fixée, d'ordinaire, au jeudi après l'Ascension. — Deux réunions, par semaine, à l'église : le dimanche, à 1 h. 1/4, et le jeudi, à 10 h.

Les enfants bretons se réunissent à la chapelle Saint-Marc, tous les jeudis, à 9 h.

— Principaux articles du règlement général des catéchismes, publié par Mgr Valleau, à la suite de son Mandement pour le Carême de 1897 :

.....ART. V

Les enfants ne seront admis à la première Communion que quand ils auront, au moins, dix ans révolus, au moment de la Communion.

ART. VI

Tout enfant ayant manqué plus de six fois aux catéchismes, sans raison valable, sera refusé pour la Communion.

Art. VII

Un examen sévère sera passé avant la première Communion, et tout enfant ignorant la lettre du catéchisme et les explications données sur les principales vérités, sera impitoyablement exclu, à moins que la faiblesse de l'intelligence ne rende nécessaire d'user avec lui d'une indulgence relative.

Art. VIII

Dans ces différents cas, si des difficultés se présentent, il en sera référé à Notre autorité.

.....Art. X

Les parents se feront un devoir d'envoyer leurs enfants aux catéchismes, pendant deux ou trois ans, après la première Communion, conformément aux usages et traditions, que Nous désirons vivement voir maintenir dans le diocèse.

Art. XI

A partir de la semaine qui suivra la première Communion, un catéchisme élémentaire, pour les enfants de huit à neuf ans, se fera, une ou deux fois par semaine, jusqu'à la fin de Juillet.

— Le catéchisme élémentaire dont il est parlé dans ce dernier article a lieu, à l'église, tous les jeudis, à 10 h., pendant les mois de

Juin et de Juillet. Comme il a été inauguré, il y a deux ans seulement, un certain nombre de parents, soit par ignorance, soit par négligence, n'y ont pas envoyé jusqu'ici leurs enfants, mais nous espérons bien qu'il n'en sera plus de même désormais.

— Les enfants, lorsqu'ils viennent à l'église, doivent savoir la leçon du catéchisme qui a été donnée à apprendre. Il faut donc qu'ils l'aient étudiée et apprise ailleurs, chez eux ou en classe. Que les parents n'oublient pas que c'est à eux, tout d'abord, qu'incombe le devoir d'enseiger le catéchisme à leurs enfants, aussi bien que de leur apprendre leurs prières. Que si, pour une raison ou pour une autre, ils en sont incapables, qu'ils aient soin, du moins, de chercher autour d'eux, dans la famille ou dans le voisinage, quelqu'un qui les puisse remplacer. Cette obligation est d'autant plus grave, plus rigoureuse, que l'enfant fréquente l'école communale, où, à notre époque, par une bien regrettable disposition de la loi, la religion ne fait plus partie du programme de l'enseignement primaire.

En raison de cette lacune, et pour venir
en aide aux parents, une œuvre excellente,
et qui a déjà donné de consolants résultats,
a été fondée, dans la paroisse, depuis quelques années. C'est, pour les garçons, l'Œuvre
du catéchisme des Dames. Quatre fois par
semaine, le matin, à la sortie de la classe,
ces Dames réunissent les garçons de l'école
communale dans la chapelle Saint-Marc, et
leur font le catéchisme, leur apprennent bien
leurs prières qu'ils ne savent pas hélas ! toujours, et les éléments de l'Histoire Sainte.
Ces dames sont, certes, on ne peut plus
dévouées, mais il faut que les parents, de
leur côté, tiennent la main à ce que leurs
enfants soient exacts à ces réunions de Saint-
Marc. C'est le moins qu'ils puissent faire, en
reconnaissance du service signalé qu'on leur
rend.

— La règle, pour les enfants des catéchismes, est de se confesser tous les deux mois.
Les enfants plus jeunes sont confessés tous
les trois mois. De plus, ceux-ci ont une petite
retraite de trois jours, dans la semaine de la
Passion. Au prône du dimanche précédent,

on annonce les jours des confessions d'enfants ; on en donne connaissance également dans les différentes écoles.

— Quand un enfant du catéchisme, se préparant à sa première communion, a été baptisé dans une paroisse étrangère, il doit, dès l'ouverture des catéchismes, nous apporter un certificat de son baptême. De même, un enfant, qui a assisté au catéchisme dans une autre paroisse, est tenu de nous fournir une attestation de cette assistance, émanant de l'un ou l'autre des prêtres de cette paroisse.

Mariages. — Le mariage est précédé de la publication des bans. Régulièrement, les bans ne doivent être reçus et inscrits qu'en présence et sur la déclaration des futurs conjoints, assistés de leurs parents ou tuteurs, s'ils sont encore sous leur autorité légale. (Statuts diocésains.)

Lorsque les deux contractants ne sont pas de la même paroisse, les bans sont publiés dans leurs deux paroisses respectives, mais inscrits d'abord dans la paroisse de la jeune fille.

S'il n'y a pas encore six mois que les contractants habitent dans la paroisse, les bans doivent être, en outre, publiés dans la paroisse d'où ils sont immédiatement sortis, si toutefois ils y ont demeuré, au moins, pendant un an.

Trois publications sont obligatoires, à moins d'une dispense de l'Évêché, et le mariage ne peut être célébré, au plus tôt, que vingt-quatre heures après la dernière publication, s'il y en a eu trois, que quarante-huit heures après l'unique qui aurait été faite, en vertu d'une dispense.

L'Église exige la publication des bans pour arriver à découvrir les empêchements qui pourraient s'opposer au mariage.

— Les empêchements les plus ordinaires sont ceux qui proviennent de la parenté et de l'affinité.

La parenté ou consanguinité est un empêchement dirimant, ou rendant nul le mariage, jusqu'au 4e degré inclusivement. Ce 4e degré, d'après la manière de compter des canonistes, désigne les petits-enfants des cousins germains.

L'affinité est la parenté par alliance. Elle rend nul aussi le mariage entre le mari et les parents de sa femme, entre la femme et les parents de son mari, jusqu'au 4e degré également.

Pour la parenté spirituelle, voir plus haut le mot *Baptême*.

— Il y a certains empêchements dirimants dont, en vertu d'un indult, l'Évêque peut dispenser, par exemple, de l'empêchement de parenté ou d'affinité à partir du 3me degré ; mais, il n'est pas en son pouvoir d'accorder la dispense, même d'affinité, du 2me au 3me degré. Il faut alors recourir à Rome, et, pour obtenir une dispense de Rome, qu'on veuille bien tenir compte qu'un délai d'une vingtaine de jours est, en général, nécessaire.

L'Évêque peut dispenser encore du Saint-Temps, c'est-à-dire du temps pendant lequel les mariages sont prohibés par l'Église. Ce temps va, du premier dimanche de l'Avent jusqu'au lendemain de l'Épiphanie (7 Janvier), et du mercredi des Cendres jusqu'au lundi de la Quasimodo (second lundi après Pâques). Mais, dans les mariages célébrés pendant ce temps, l'Église enjoint expressément de s'abstenir des pompes accoutumées.

— Le mariage a lieu dans la paroisse de la jeune fille ; s'il est fait ailleurs, ce doit être avec une permission de son propre curé.

— Il est interdit aux personnes qui veulent s'unir par le mariage, de loger et demeurer ensemble pendant le mois qui précède immédiatement leur union. (Statuts diocésains.)

— Lorsque l'un des contractants appartient à un diocèse étranger, il doit produire son certificat de baptême. (Statuts diocésains.)

— Il faut éviter de mettre un long intervalle entre l'acte civil du mariage et sa célébration religieuse : cela pourrait avoir les plus fâcheuses conséquences. Quand on a paru devant le magistrat civil, qu'on vienne à l'église le jour même ou le lendemain, et qu'on n'oublie pas d'apporter avec soi le certificat de la Mairie, ainsi que toutes les autres pièces requises : certificats de publication des bans, de baptême, s'il y a lieu, et les billets de confession.

— L'heure étant fixée pour le mariage, il

est inconvenant qu'on ne se mette pas en mesure d'arriver à temps à l'église. On n'aura pas le droit de se plaindre, si, après une demi-heure d'attente, le prêtre monte à l'autel et commence la messe, au risque de faire remettre le mariage à un autre jour.

— Pour recevoir dignement le sacrement de mariage, il faut se mettre en état de grâce par une bonne confession. Qu'il serait à souhaiter que toujours les futurs conjoints s'approchent, ensemble, de la sainte Table ! C'est un beau et touchant spectacle, et il n'est pas de meilleur présage d'une parfaite harmonie et d'une union intime entre les époux.

Relevailles. — Elles se font après la messe de 8 h. ou 8 h. 1/2, et à 11 h. du matin.

— Les relevailles sont un souvenir des anciennes purifications légales, et, bien qu'il n'y ait pas, aujourd'hui, de loi ecclésiastique les prescrivant, une mère chrétienne ne manque jamais de se conformer à cette pieuse coutume, et de faire sa première visite à l'église, après son heureuse délivrance, en action de grâces, et pour appeler, par le mi-

nistère du prêtre, sur elle et sur son enfant,
les bénédictions de Dieu.

Malades. — Dès lors qu'on est sérieuse-
ment malade, sans attendre de l'être dange-
reusement, qu'on mette ordre à ses affaires
spirituelles et temporelles ; c'est de la vul-
gaire sagesse. Les affaires temporelles intéressent surtout ceux qui restent après nous ;
elles sont bien moins importantes que les
affaires spirituelles qui nous intéressent
directement nous-mêmes, et n'intéressent
pour ainsi dire que nous. Cependant, que de
fois on s'occupe beaucoup plus des premières
que des secondes !

Une personne pieuse doit appeler d'elle-
même son confesseur, et insister, au besoin,
auprès de sa famille, pour qu'on le fasse
chercher au plus tôt. Elle donne ainsi un
bon exemple, et se tient prête à tout événement, à l'abri de toute surprise. Dans bien
des cas, une maladie légère prend vite un
caractère grave et alarmant, dont le pauvre
malade est seul à ne pas s'apercevoir. Quand
on s'est confessé, on a, d'ailleurs, la cons-

cience à l'aise, on est plus facilement, plus doucement résigné, plus patient ; on souffre moins, on gagne plus de mérites, et, de plus, l'on se trouve dans les conditions les plus favorables pour guérir.

Si le malade est un indifférent, si, depuis de longues années, il a cessé toute pratique religieuse, qu'on ne craigne pas cependant de lui parler du prêtre. En général, l'indifférent, dans nos pays du moins, est loin d'avoir perdu la foi ; et, souvent, s'il ne demande pas lui-même le prêtre, c'est qu'il n'ose pas, qu'il a peur d'affliger ceux qui l'entourent, et de leur faire croire ainsi à la gravité de son état, dont il se doute un peu, mais qu'il suppose n'être pas connue des siens. Lorsque la proposition de faire venir un prêtre lui est faite par quelqu'un de la famille, il l'accueille bien plus volontiers que si elle sort de la bouche d'un étranger.

Rien de plus triste et de plus ridicule, de la part de chrétiens sincères et de personnes adonnées à la piété, que cet échafaudage de mensonges puérils dont on a coutume parfois de se servir, pour préparer le malade à la visite du prêtre. Qu'on ménage sa sensibilité, qu'on lui évite de trop fortes émotions qui pourraient aggraver son mal, cela se conçoit ; mais qu'on se garde bien d'exagérer sous ce rapport, et de multiplier des précautions ou plutôt des finesses, que le malade lui-même a bientôt percées à jour, et qui l'indisposent au lieu de lui être utiles.

Auprès d'un malade, qu'on se souvienne toujours que la vie de son âme est encore infiniment plus précieuse que celle de son corps, et qu'aucune considération n'empêche de faire tout ce qu'on peut pour aider à assurer son salut.

Viatique, Extrême-Onction. — Objets à préparer dans la chambre d'un malade qui doit recevoir les derniers sacrements :

Après avoir rangé proprement la chambre du malade et son lit, sur une table recouverte d'une nappe blanche et dressée en forme d'autel, on place un crucifix entre deux flambeaux allumés, de l'eau bénite dans un vase avec un petit rameau pour l'aspersion, et un peu d'eau commune dans un

verre pour la purification des doigts du prêtre. — Pour l'Extrême-Onction, ajouter un
peu de mie de pain et six pelotons de ouate
sur une assiette.

Lorsque le prêtre entre portant la Sainte
Hostie, ou lorsqu'il commence les prières de
l'Extrême-Onction, tous les assistants doivent
se mettre à genoux et prier avec lui pour le
malade. Il ne convient pas de faire causer le
malade, immédiatement après les derniers
sacrements ; au contraire, autant que possible, on doit éviter de le distraire, et lui faci-
liter le moyen de demeurer recueilli, au
moins pendant quelques minutes.

Une fois le prêtre sorti, qu'on ait soin de
jeter au feu l'eau qui a servi à la purification
de ses doigts, ainsi que la mie de pain et les
pelotons de ouate, qui ont essuyé les Saintes
Huiles.

— L'Extrême-Onction n'est pas un sacrement qu'on doive recevoir *à l'article de la
mort*, mais bien, dans les intentions de
l'Église, lorsqu'on est simplement *en danger
de mort*. Par conséquent, qu'on ne le regarde
pas comme un épouvantail, comme l'annonce

5

d'une mort prochaine. C'est faire injure à ce sacrement, institué par Notre-Seigneur Jésus-Christ, pour le soulagement non seulement spirituel, mais encore corporel des malades. Bien loin de hâter la fin du malade, ainsi que certaines gens d'un esprit borné ne craignent pas de le penser et de le dire, il est plutôt un excellent remède qui peut encore procurer sa guérison, alors que tous les autres seraient inefficaces.

— Dès que l'agonie du malade commence, les assistants doivent réciter les prières des agonisants, ou d'autres prières. C'est une très louable coutume d'allumer aussi, en ce moment, un cierge bénit, et d'asperger son lit d'eau bénite.

Funérailles [1]. — L'heure des obsèques doit être fixée le plus tôt possible. Il n'est pas nécessaire d'avoir été à la Mairie faire la déclaration du décès, avant de venir au presbytère ; seulement, il est indispensable que

---

(1) A moins d'absolue nécessité, on ne fait pas d'enterrement dans la matinée des dimanches ou des jours de fêtes ; jamais, non plus, à l'heure des catéchismes.

le permis d'inhumer délivré par la Mairie
nous soit, ensuite, remis. Le plus simple est de
l'apporter au presbytère, en revenant de chez
le fossoyeur.

L'usage des fleurs et des couronnes n'est
pas condamné par l'Église ; mais, qu'il est
plus chrétien de s'abstenir de ces démons-
trations, qui flattent plus la vanité des vivants
qu'elles ne servent aux morts ! Laissons à la
mort son aspect austère ; il est utile de mé-
diter ses leçons.

CONFRÉRIES, ŒUVRES

———— ✳ ————

Il existe, dans la paroisse, un bon nombre de Confréries et d'Œuvres, qui toutes ont leur incontestable utilité. Quelques-unes, cependant, en raison des circonstances présentes, se recommandent davantage au zèle et à la piété des fidèles : la Confrérie de la Doctrine chrétienne, par exemple, l'Association de l'Adoration du T. S. Sacrement, etc... Que chacun réfléchisse devant Dieu à ce qu'Il demande de lui, dans l'intérêt de sa gloire et pour le bien des âmes.

Confrérie du Très Saint Sacrement. — Elle a été érigée canoniquement à Saint-Mathieu, le 7 Février 1868, et affiliée à l'Archiconfrérie de l'église de la Minerve, à Rome, le 31 Mars 1868.

Sont membres de cette Confrérie, les

associés de l'Adoration du T. S. Sacrement, telle qu'elle existe dans la paroisse. Cette Association de l'Adoration est très ancienne. Pour en faire partie, il suffit de s'engager à faire, dans l'église Saint-Mathieu, une heure, ou, tout au moins, une demi-heure d'adoration par semaine, à un jour et à une heure déterminés d'avance.

Deux prie-Dieu sont réservés aux adorateurs, au haut de la grande nef, et l'on désire vivement qu'il y ait assez d'associés pour qu'ils soient toujours occupés, de 9 heures du matin à 6 heures du soir.

Le 3ᵐᵉ dimanche du mois, réunion, aux vêpres, de la Confrérie ; procession du Très Saint Sacrement.

Le Règlement, remis à chacun des associés, indique les indulgences.

Confrérie du Très Saint et Immaculé Cœur de Marie, pour la conversion des pécheurs. Cette Confrérie a été érigée canoniquement et affiliée à l'Archiconfrérie de Notre-Dame des Victoires, à Paris, le 28 Janvier 1840.

Aucune autre condition d'admission que de se faire inscrire sur les registres de la Confrérie. Pas d'œuvres ni de prières spéciales prescrites. On conseille seulement aux associés de porter toujours pieusement la médaille miraculeuse, et de dire, de temps en temps, l'invocation : O Marie, conçue sans péché, priez pour nous qui avons recours à vous ! — Pour de plus amples renseignements, consulter la petite notice remise aux associés.

Le 1er dimanche du mois, réunion, aux vêpres, de l'Archiconfrérie. Le 1er samedi, la messe de 8 h. ou 8 h. 1/2 est dite à l'intention de l'Archiconfrérie, pour la conversion des pécheurs.

Un tronc est placé à côté de l'autel de la Sainte-Vierge, pour recevoir les recommandations.

Confrérie des Trépassés. — Cette Confrérie, établie primitivement dans la chapelle du collège, lorsqu'il était la propriété des RR. PP. Jésuites, fut transférée à Saint-Mathieu, avant la Révolution, du temps de

M. Coroller, recteur. Elle y a été, de nouveau, érigée canoniquement par Mgr Graveran, le 26 Août 1844, et affiliée à l'Archiconfrérie de l'église Sainte-Marie *in Monterone*, à Rome, le 6 Novembre 1864.

Conditions d'admission : Se faire inscrire sur les registres de la Confrérie, et verser, à l'époque de la Toussaint, une cotisation annuelle de 2 francs.

Avantages de la Confrérie : On a droit, immédiatement après la mort, à un service particulier avec messe, et, en outre, on a part à tous les services qui se chantent dans le courant de l'année, autant que les ressources de la caisse le permettent, à l'intention des membres décédés.

Les indulgences, fort nombreuses, sont marquées sur la feuille remise aux confrères.

Confrérie du Rosaire. — Elle existait, très probablement, depuis fort longtemps, mais elle a été rétablie canoniquement, le 10 Février 1848.

Pour en faire partie, la seule formalité à remplir est de se faire inscrire sur les registres de la Confrérie. Pour avoir droit aux indulgences, l'unique obligation est de dire, chaque semaine, en entier, mais n'importe en combien de fois, le rosaire de quinze dizaines, en pensant pieusement à chacun des mystères correspondants. Il est plus sûr de se servir d'un chapelet spécialement bénit, ou rosarié.

Cette confrérie est une des plus riches en indulgences.

La procession du Rosaire se fait, le 1er dimanche du mois, à l'issue des vêpres.

Confrérie du Scapulaire de N.-D. du Mont-Carmel. — Comme celle du Rosaire, elle a dû exister autrefois. Érection nouvelle le 12 Février 1848.

Pour avoir droit aux indulgences et faveurs précieuses attachées au scapulaire de N.-D. du Mont-Carmel, il suffit de le recevoir d'un prêtre ayant le pouvoir de l'imposer, et de le porter dévotement. Quand le premier scapulaire est usé, on le remplace par un autre non bénit.

Les privilèges de la Bulle Sabbatine ne

s'obtiennent que moyennant deux conditions: garder la chasteté de son état, et réciter, tous les jours, le petit office de la Sainte-Vierge. Ceux qui ne savent pas lire doivent remplacer l'office par l'abstinence du mercredi et du samedi.

Apostolat de la Prière. — La paroisse de Saint-Mathieu a été agrégée à l'Apostolat de la Prière (ligue du Cœur de Jésus), le 13 Mars 1897.

Les zélatrices se réunissent à la sacristie, le deuxième dimanche de chaque mois, à 1 h. 1/2.

En vertu d'un rescrit pontifical, du 7 Juin 1879, tous les fidèles, associés à l'Apostolat de la Prière, font partie de l'Archiconfrérie du Sacré-Cœur de Jésus, établie à Rome dans l'église *della Pace*, et jouissent, à ce titre, des indulgences et faveurs spirituelles accordées à cette Archiconfrérie.

Tous les premiers vendredis du mois, exposition du Très Saint-Sacrement pendant toute la journée. Salut à 7 h. 3/4 du soir.

Confrérie de la Doctrine chrétienne. —
Cette Confrérie a été établie dans le diocèse,
il y a quelques années, par Mgr Nouvel, de
sainte mémoire, afin de créer des ressources
en faveur des écoles libres, si nécessaires, à
notre époque, pour garder à Dieu les âmes
des enfants.

On est membre de l'Œuvre : au premier
degré, en donnant, au moins, un sou par
jour, ou 18 francs par an ; au 2e degré, en
donnant un sou par semaine, ou 2 francs 60
par an ; au 3e degré, en donnant un sou par
mois, ou 0 franc 60 par an.

Ces cotisations, jusqu'ici, sont loin de suf-
fire, et les charges des écoles sont bien lour-
des. Aussi, que les catholiques riches ne se
contentent pas du taux des cotisations, mais
fassent à l'Œuvre de plus larges aumônes.

De précieuses indulgences ont été obtenues,
à Rome, pour la Confrérie.

L'Œuvre de la Propagation de la Foi
est elle-même une sorte de Confrérie. Cette
Œuvre est une des gloires de la France
catholique. Les sommes considérables qu'elle

recueille, vont, au loin, aider nos Mission-
naires à évangéliser les nations païennes et
les peuplades les plus sauvages.

La cotisation annuelle est de 2 francs 60.
Il faut s'adresser à un chef de dizaine pour
être inscrit et recevoir les *Annales*.

Chœur des cantiques. — Notre paroisse
de Saint-Mathieu a l'avantage de posséder,
depuis longtemps, un chœur de jeunes filles
pieuses et zélées, dont le concours est fort
précieux pour donner plus d'éclat à nos
solennités religieuses. — On verrait, avec
plaisir, leur nombre augmenter encore.

Triduum de Saint-François de Sales. —
Ce triduum, qui existait probablement déjà,
a été enrichi d'indulgences par un bref de
Clément XIV, du 4 Décembre 1770. Les
indulgences n'avaient été accordées alors que
pour sept ans, et on devait en renouveler la
demande tous les sept ans ; mais un autre
bref de Grégoire XVI, du 15 Novembre 1837,
les a concédées à perpétuité.

Le Saint-Sacrement reste exposé pendant

ces trois jours ; et, l'un quelconque de ces jours, on peut gagner une indulgence plénière, en faisant une heure d'adoration, moyennant les conditions ordinaires : confession, communion et prière aux intentions du Souverain Pontife.

ŒUVRES COMMUNES

AUX TROIS PAROISSES DE QUIMPER

Congrégation des Enfants de Marie. — Réunion, tous les seconds dimanches, à la chapelle des Ursulines, à 7 h. du matin ; instruction, messe. (Bientôt les réunions se tiendront dans la chapelle d'Œuvres, qui est en construction, rue du Frout.)

Bibliothèque paroissiale. — Rue de l'Évêché, n° 2. La bibliothèque est ouverte : le lundi et le mardi, de midi à 2 h., aux personnes qui désirent avoir gratuitement des livres ;

le mercredi, de midi à 3 h., aux personnes qui paient une légère rétribution.

Patronage de garçons. — Rue de Pont-l'Abbé. Il est ouvert le jeudi et le dimanche, dans l'après-midi.

Patronage de filles. — Impasse Mescloaguen. Il est ouvert également le jeudi et le dimanche, dans l'après-midi.

Le Cercle militaire est situé rue Jules-Noël. Il est ouvert tous les soirs, à partir de 5 h., et toute l'après-midi du dimanche.

ÉCOLES LIBRES ET COMMUNAUTÉS

Le Grand Séminaire, dirigé par des prêtres du diocèse, à l'extrémité de la rue de Pont-l'Abbé.

Orphelinat de garçons, fondation Massé, tenu par les Sœurs de la Sagesse, rue de Bourg-les-Bourgs.

Le Sacré-Cœur, pensionnat et école libre gratuite, à l'entrée de la rue de Bourg-les-Bourgs.

Maison de Saint-Joseph, résidence des RR. PP. Jésuites, rue Saint-Joseph. Dans les dépendances, école libre de garçons tenue par les Frères des Écoles chrétiennes.

La Providence, maison-mère des Religieuses de l'Adoration perpétuelle, rue de la Providence. Orphelinat de filles, ouvroir et pensionnat de Dames.

École Saint-Mathieu, tenue par les Religieuses du Saint-Esprit, rue du Chapeau-Rouge. Classes primaires et école enfantine.

Pensionnat de Dames, quai de l'Odet, tenu par les Filles de la Croix.

FIN

TABLE

———✭———

Notre paroisse.

Notre église.

Service paroissial,

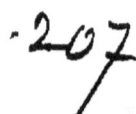

www.ingramcontent.com/pod-product-compliance
Lightning Source LLC
Chambersburg PA
CBHW060458260626
47161CB00005B/2155